# वहम और मैं

संध्या रानी पाराशर

Made with ♥ on the Notion Press Platform
www.notionpress.com

शेर ,गजल ,नज़्में

"

# क्रम-सूची

# क्रम-सूची

# क्रम-सूची

|| ||

एक ख्याल ही हमख्याल है ,एक जबाब ही सवाल है |

जितनी गुजारी जिंदगी ,उतनी जी नहीं गयी ,

दफन हूँ मैं ,फिर यहाँ कौन रह गयी ,

शायद जीने वाली ज़िंदगी रह गयी |

समझ तो सफर खत्म हो गया "रानी "....

इसलिए ये रास्ता इतना बेजार -बेहाल है ,

जिस मंजिल के लिए रूह भटकती रही ,

जाने -अनजाने में वो पीछे ही कहीं रह गयी |

मेरी जुबांन ही हकीकत की गुलाम है ..


क्यों है कबसे है ये तो मेरा भी सवाल है |

||

मैंने खुदका कत्ल किया ,

उसने भी कत्ल मेरा ही किया |

एक शख्स पर उसने और मैंने ,

जिंदगी भर जुर्म किया |

ना उसे हकीकत में जीने दिया ,

ना ही वहम् से बरी किया |

एक शख्स को जिंदा रखा ,

पर जीने नहीं दिया |

"

# 1. जाते जाते सारे जहर लेकर चली गयी

कितने राज खामोशी अपने साथ लेकर चली गयी ,
मुझे शोर से खौंफ था ,वो आवाज लेकर चली गयी |
मुझे ख्यालों से जीने कि आदत ही बेहद बुरी थी ,
फिर वो मेरे हिस्से की नींद लेकर चली गयी |
मुझे रोकना हाथ थामके शर्त बस इतनी थी ,
मेरी नाराजगी पर वो आँखें फेर के चली गयी |
मुझे सताना कोई हेरानी की मुद्दा नहीं है ,
पर वो इवादत जैसी करके चली गयी |
हकीकत माना जहर से भी जहरीली थी ,
पर जाते जाते सारे जहर लेकर चली गयी |
हर रोज अफसोस कराती थी जीने का ,
फिर क्यों जिंदगी देकर चली गयी |
लगता है "रानी " उसे वहम को मिटाना था ,
तुझे तो बस तबाह करके चली गयी ||

# 2. मेरी बात मेरे साथ होती

मुझमें अगर मेरी मोजूदगी होती तो बात कुछ और होती ,
फिर यहाँ तक आना ना था मुझे मेरे शहर में ही बात होती
|
कितने जुर्म किए मैनें और किसकी मासूमियत छीनी ,
इंसाफ होता कुछ अगर मेरी हकीकत मेरे साथ होती |
कयामत तक इंतजार करने पर नाज़ होता मुझे ,
अगर इशारे में ही सही बस एक दफा बात होती |
बेबस हूँ मैं क्यों एक ही दहलीज के आगे ,
दुनिया छोड़ देता मैं अगर ज़िंदगी मेरे हाथ होती |
मेरी उम्र की दुआएं की है,सजदे करें उसने ,
कहना था मुझे अगर सुबह की जगह रात होती |
यहाँ तक ना आना था मुझे अब अहसास हुआ ,
अच्छा होता मेरी बात मेरे ही साथ होती |

# 3. वक्त बाकी है

अजीब है रूह कदर की गुजारिश कर रही है ,
मुझे खबर तक नहीं क्यों ही ऐसी साजिश कर रही है |
मुझसे खफा है तो सवाल -जबाब करके सुलझा ,
खामोशी की अजीब सी फरमाइश क्यों कर रही है |
है अभी जीने -मरने का वक्त बाकी उस पार भी ,
तुझे इतनी जल्दी जाने की बेचैनी क्यों हो रही है |
है तू हकीकत अगर इस दौर की तो बता इतना
वहम से तुझे आज इतनी रंजिस क्यों हो रही है |
तुम अगर अदालत लगाने का हुनर रखते हो ,
तो शायद शोर का पता-खबर भी रखते हो |
मैं जंग से लौटके जिंदा हूँ आज भी यहाँ ,
ढूंढो , मुझे अगर पाक नजर रखते हो |
तुम दर्द हो जज़्बातों का हर किसी के ,
खुदकों तुम क्यों नाम -ए -सबर कहते हो
दम तोड़ देती है हकीकत हार के बेवजह ,
जिसे तुम गुरूर से वजूद का असर कहते हो

# 4. सहमी परछाई होगी

तुम जानो केसी तनहाई होती होगी ,
अंधेरे से डरी- सहमी परछाई होगी |
तुम्हें अहम है उसूल और रंग मै होने का ,
हसीन आलमों से दुनिया घबराई होगी |
तब जाके आँचल मेरा यहाँ आया होगा ,
तुमने पहले रूह बेसबब सतायी होगी |
अफसोस नहीं कैसा अजीब है जमीर है ,
तुमने ही वहम की सहनाई बजाई होगी |
खुशी है लम्हों ने तुम्हें कुछ ऐसे सताया है ,
झूठ को तुमने जैसे आज सच बताया है |
है नहीं शामिल गवाह -सबूत कोई भी ,
एक नए ख्वाब को तुमने सच बताया है |
कौन यकीन करेगा ऐसी बेरंग सोच पर ,
जिसे बस बोलके तुमने सच बताया है |
हार मानो जाने दो इस बार की बाजी ,
करो कबूल झूँठ है जो तुमने बताया है |

# 5. कनीज

क्यों जाने अनजाने यहाँ आए हम ,
जो राज थे फिज़ूल मै बता आए हम |
तुम्हे फिक्र क्यों किस बात कि होगी ,
सारी कायनात कनीज बना आए तुम
टूट गए तारे सुने अंसमान मै कितने ,
चाँद को महबूब बता आए तुम |
डरती है रात भी मुस्कुराने से अब ,
इतनी गहराई से तोहीन कर आए तुम |
फरेब के बाजार मै छोड़ना चाहती हो तुम ,
आईने से महल को तोड़ना चाहती हो तुम |
तुम्हारी जुल्फें जान लेती है बेगुनाहों कि ,
सरीफ़ी कि चादर ओढ़ना चाहती हो तुम |
हार जाऊंगा इस तरह तो मैं इस बार भी ,
खेल ऐसे ही मोड़ना चाहती हो तुम |
इतनी जरूरी क्या जीत आज तुम्हारी ,
कहाँ आके लौटना चाहती हो तुम |

# 6. तूफान

मानती है हार हकीकत हर बार ही ,
वहम से बनती है दुनिया हर बार ही |
मेरे होने से दुनिया मै गूंज है तुम्हारी ,
बचता है जमाना तुमसे हर बार ही |
हाथ थामते है सबसे हारकर मेरा ,
रिश्ता तोड़ते है तुमसे हर बार ही |
गुजारा होता है मेरा जिक्र होने से ,
महफिले रूठी है तुमसे हर बार ही |
तबाही -बर्बादी मेरी कहानी नहीं है,
आँखें मेरी बस गम कि रानी नहीं है |
तमीज़ -तहज़ीब मेरे ही होने से है ,
तुमने गहराई यहाँ की जानी नहीं है |
मै हूँ तो ज़िंदगी मे बसंत -पतझड़ है,
बस रियासत अपनी बतानी नहीं है |
मेरी फतेह है वक्त के हर पहर पर ,
सिर्फ ये दुनिया मेरी निशानी नहीं है |

# 7. अल्फ़ाज़

आरज़ू है आखिरी अल्फ़ाज़ गुमनाम हो ,
जलील हुए हम तुम भी उतने बदनाम हो |
सायरना अंदाज कि सोगात अर्जी तुम्हारी ,
वरना किस महफ़िल तुम्हारा एहतराम हो ,
सजदे मै मेरे तुमसे तो तौबा करते हैं ,
जैसे कोई नापाक जैसा तेरा नाम हो ,
तरस आता है तेरी आँखों पर अब मुझे ,
सूकॉन दे खुदकों पलकों को आराम दे |
हकीकत,हकीकत मै आज भी नादान है ,
मेरे घर कि दहलीज से भी परेशान है |
खिड़कियां तक नहीं न दीवारें है मेरे पास ,
तूफान -हवा इस मकान मै मेहमान है |
धूप पार करती है बेजार सी छत को ,
फनाह हुए परदों के अरमान है |
फिर परिंदे मुझसे सहारा मांगते है ,
हर कतरे मै लिखा मेरा अहसान है |

# 8. कयामत

फिर तो बिन दीवार का घर देखना है ,
रोशनी से शामों का डर देखना है |
तूफ़ानों मै उड़ती बस्ती गुजरेंगी ,
तब सहमे गुनाहों का डर देखना है |
जो बीती है मुसाफिरों कि शान पर ,
फिर बेलिहाज़ों का वो डर देखना है |
तुम्हे मालूम है कीमत अब तुम्हारी ,
वहम के सिर वहम का डर देखना है |
इंतजार है कायनात कि कयामत का ,
फरेब के दाम मै गिरावट का |
नामुमकिन सी फ़रियाद है तुम्हारी ,
अंदाजा नहीं तुम्हे रब की लिखावट का |
हो सकता है जमीन आग उगले ,
सब्र टूटे समंदर कि आहट का |
इस उम्र तो ये कही मोजूद नहीं ,
दूसरे दौर बनेगा आलम घबराहट का |

# 9. ओस

मजबूरन सही बताओ तुम्हें क्या कहना है ,
या फिर मेरे आशियाने में रहना है |
मैं वो नहीं जो फकीरों पर रहम करूँ ,
कहो क्या तुम्हें जमाने में रहना है |
ओस ने ढक दिया है आगे का सफर ,
क्या तुम्हें धुंधले नजराने में रहना है |
आस है कि कुछ तो सही चुनो तुम ,
या फिर गलत क अफ़साने में रहना है |
मैं मजबूर फिर तुम कैसे हो ,
किसी संत के बचपन जैसे हो |
बेरागियों में कहाँ कद्र तुम्हारी ,
होश की अहम अड़चन जैसे हो |
कोसता है तुम्हें जानने वाला ,
बेहोशी के मंथन जैसे हो |
तुम्हारा आशियाना लूँ मैं ?
कारावास के बंधन जैसे हो |

# 10. नसीब

होंगे रकीब -फकीर तेरी गिनतियों में ,
हैं नसीब भी तेरी ही गलतियों मैं |
मुकरती है तू ऐसे अदालतों में ,
मांगती है वक्त क्यों बिनतियों में |
नसीब नाचता है मेरी शामों में ,
नशे से भी नशीला हूँ में बस्तियों में
खोजता है मुझे शायर कलम में ,
मैं मलंग , मदहोशी कि मस्तियों में |
तेरे बस में नसीब कि लकीर होगी ,
मेरे आगे जो बस तस्वीर होगी |
क्या मतलब तेरी कातिल नजर का,
मिले मुझसे तो जंजीर होगी |
कैद से तेरी भागते फिरते हैं ,
रूह भी हार के शरीर होगी |
क्या कहना वहम,अगर है कहीं ,
बेईमानी भी यहाँ जमीर होगी |

# 11. बीमार

किसी कि उम्र फनाह हो रही है ,
मालूम पड़ता है तन्हा रो रही है |
क्या कहती हो बस जाऊँ इस में ,
अनकही सी इसे सजा हो रही है |
इतनी बेचैनी है नाजुक सी जान में ,
दफन इसकी ही रजा हो रही है |
मैं जख्म बन जाऊंगा शायद फिर ,
पर अभी तुमसे खता हो रही है |
ऐसा करके तुम हमसफ़र हो सकते हो ,
पर बस मौत का सफर हो सकते हो |
तनहाई उसे डसेगी , मरने नहीं देगी ,
तुम खूबसूरत जहर हो सकते हो |
तुम वहम हो जनाब मानो जरा ,
बीमार पर कहाँ असर हो सकते हो |
हकीम -दवा से उसे जान आएगी ,
तुम कैसे उसके नगर हो सकते हो |

# 12. सवाल

उसकी मासूमियत से सवाल करते हैं ,
हूँ मै गलत तो आज मलाल करते हैं |
उसके जिक्र में मेरा इंतजार न हुआ,
फिर मानेंगे तेरे कानून कमाल करते हैं |
फतेह पर नगमें गायें हैं माना खूब ,
हार कि तमन्ना भी विशाल करते हैं ,
मेरी जुबान कि कशम मोहतरमा ,
जो भी किया बेमिशाल करते हैं |
फैसला होगा तुम्हारे- मेरे मुकदमों का ,
टूटेगा पहाड़ तुम पर सदमों का |
ऐसा करना गौर से देखना खुदकों ,
किराया देना फिर अपने कदमों का |
मांगना माफी मेरे वजूद से सौ बार ,
ध्यान रखना मेरी रहमतों का |
तुम आओगे जब हकीकत में ,
हमदर्द होना फिर सदकों का |

# 13. झूँठ कहूँ

क्या जानना हैं तुम्हें इतनी सादगी से ,
सुबह होती है रागिनी सी अगर झूँठ कहूँ |
शिकायत खुदसे नहीं ,जमाने से नहीं ,
बिंदास, आशमान पर हूँ अगर झूँठ कहूँ |
कभी बिखरा नहीं कभी सिमटा नहीं ,
जैसा आया था वैसा हूँ अगर झूँठ कहूँ |
निगाहें कभी नाराज नहीं हुई मेरी ,
आँखें चमक रही है अगर झूँठ कहूँ |
गम नहीं, सितम नहीं रंगों का आलम है ,
हसीन मंजर हैं अगर फिर झूँठ कहूँ |
जितना कहूँ उतना कम हे ऐसे तो ,
तुम्हें जो सुनना है उसे भी झूँठ कहूँ |
चाह है अगर मधुर गीतों कि तुम्हें ,
तो अपने अल्फ़ाज़ों को झूँठ कहूँ |
मैं थकता नहीं रंज नहीं सबको झूँठ कहूँ,
मैं तुझे झूँठ कहूँ ,खुदको झूँठ कहूँ |

# 14. सच सुनो तो

हकीकत रोज रुलाती है सच सुनो तो ,
रुकसत होती हैं साँसे सच सुनो तो |
कतरा भी दरिये से कतराता है अब ,
हैरत समंदर को भी है सच सुनो तो |
तंग आ गयी है कलम कि नोक भी ,
सच कहता कौन है सच सुनो तो |
डूबा हूँ मैं गफलत मै हजार बार ,
एक ही गलती है सच सुनो तो |
कौन रहता है आखिर साथ किसी के ,
फीका है हर रिश्ता सच सुनो तो |

# 15. गुजर जाएगा

अंधेरे का दौर गुजर जाएगा ,
फितूर मौसमों का निखर जाएगा |
मैने समेट रखी दौलत जवानी में ,
मुझसे कहा सब बिखर जाएगा |
खर्च किया वक्त का बगीचा जहाँ ,
पूछते हो अब इत्र किधर जाएगा |
गुनाह करे जो भी कहीं किसी पर ,
हुकूम सम्राट का इधर आएगा |
मैं भी मलंग तुझसे गुफ्तगू के बाद ,
मै वहाँ तू जिधर जाएगा |

# 16. मोम उजड़े घर में

घाट पर शरारे को मत निहारना ,
आबशार में जज़्बात मत बहाना |
लाजमी है नगीनों के सिर गुरूर ,
वादों मै जिद्दी मुझे मत बताना |
उठ के गिरे फिर लहर पहर मांगे ,
चाहत कि सोगन्ध मत जतना |
कई जीने वाले होनहे इस-उस पार ,
यादों कि आड़ में मत सताना |
पत्थर रो जाए उसे देखे तो ,
मोम उजड़े घर में मत जालना |
शौक हिजा के गुमनाम सुराही के ,
बस उसके दर मत सजाना |

# 17. सितार छोड़ी

चल जाए ,ढल जाए एस क्या करूँ ,
कसमें वादे,और ऐसा क्या करूँ |
दर-बदर भटक रहा किरदार मेरा ,
आ जाए चैन ,और ऐसा क्या करूँ |
क्यों बिखरे बगीचे कि जान ली है ,
खिल जाए फिर, और ऐसा क्या करूँ |
फर्जी कहो या अर्जी सुनो मेरी ,
मैं अपनी सफ़ाई में ,और ऐसा क्या करूँ |
सितार छोड़ी तबले में भी दिल नहीं ,
बजे बेसुरी ताल ,और ऐसा क्या करूँ |
रंज न कर अगर वो समाँ ठीक नहीं ,
पढ़ ले हर पन्ना ,और ऐसा क्या करूँ

# 18. किरदार

यूँ ही उस पर नजरें न रुकी होगी ,
कोहिनूर बाद में पहले उसका किरदार है |
मैं गुलाम नहीं हूँ ना ही बेचारा हूँ ,
वो तो उसका चलन ही अदाकार है |
कौन खरीदता है बदनामी को ,
उसके नाम ,हर बदनामी के हम दावेदार हैं|
एक जाल का जाल फिर धुआँ ,
कतार पर कतार हर ओर रुकसार है |
खामोशी ओढ़ी है बोलने वालों ने ,
वरना इस महफ़िल सब आवाजदार है |

# 19. हुज़ूरी

सोचते वक्त इतनी ख्वाहिश जरूरी थी क्या ,
इतना निहारना उसकी मंजूरी थी क्या |
गलतफहमी मुझे ही होती तो ठीक था,
नजदीकी में उसकी जरा भी दूरी थी क्या |
या तो में कुछ और ही देखता था शायद ,
उसी की महक ऐसी फ़ितूरी थी क्या |
माना उसका लहजा मुझसे ठीक है ,
सुना है उसमें मेरी जेसी मगरूरी थी क्या |
जिस पल उसने ठहर के देखा था ,
वो भी वहम कि बस हुज़ूरी थी क्या |

# 20. शौक

ना बसने ना रुकने के शौक अजीब रहे ,
इतना चलके कौन सफर को नसीब कहे |
तालीम दो इन्हें आदर -सत्कार की ,
जिससे जन्नत की इल्तजा करीब रहे |
ये मंजिल इतनी क्रूर होती जा रही है ,
तलबगार फिर भी इसके रकीब रहे |
मैं साथ चलने को तैयार हूँ आज भी ,
शर्त है आखिर तक सब में तहज़ीब रहे |
कायर या घायल नहीं मैं यूँ तो ,
बस मेरे कानून, तमन्ना,शौक अजीब रहे |

# 21. कलाकार

किसी को साथ की किसी से दरकरार थी ,
किसी के बेवजह धड़कन बेकरार थी |
समझा रहे थे जिस खामोशी को ,
जुबान जिस की पहले से समझदार थी |
मैं समेटता रेत को किनारे पर क्यों ,
उस किनारे तो तेज लहरें असरदार थी |
उसके रोने पर तिलमिला उठा मैं ,
मालूम हुआ वो तो उम्दा कलाकार थी |
जैसे -जैसे पहर बदलते गए ,
उसकी रहमत भी फिर ललकार थी |

# 22. इमदाद

फिजूल हो सकती है इल्तजायें मेरी ,
तुम फिर मेरी इमदाद साथ रखना |
जुर्म है उन जले पन्नों में मेरे लिखे हुए |
तुम अपनी आँखों देखि याद रखना |
सवाल करे तुमसे मेरी मोजूदगी पर ,
तुम फिर मेरे आने कि फ़रियाद रखना |
ऐसा नहीं होगा कि मैं फिर गम जाऊँ ,
तुम फिर मेरे शहर के पता हाथ रखना |
हकीकत तुम सब कुछ हो मेरे लिए ,
कुछ भी हो मुझे बस ना अनाथ करना |

# 23. दूसरी उम्र

कयामत तक तुझे चाहना है ,
एक तरफा तो एकतरफा ही सही |
तुझे शिकायत हो बेशुमार हो ,
चाहे दूसरी उम्र भी एकतरफा ही सही |
मैं एतवार करूँ तुझ पर हर बार ,
तू मुझे गवाह बना गुनेगार ही सही |
मुकर जाऊँ खुद के बयान से ,
तू अपना बयान मुझे समझा तो सही |
मै वापस या जाऊँ जन्नत के रास्ते से ,
वहम है तो वहम से मिल तो सही |

# 24. सिलसिले

हर सिलसिले कि आखिरत में पहरा कर देते हो ,
है कौन आप जो मशवरा देते हो |
लम्हें मेरे रखूँ या जाया करूँ ,
हर पहर मुझे आवारा कह देते हो |
रुके हम वालिहाना शामों में भी ,
क्यों फिर आप मुझे मकबरा कह देते हो |
बिछड़ना है इन किनारों से मुझे ,
आप समंदर किनारे बसेरा कर देते हो |
डूबना है मद्धिम लहरों क आँचल में ,
तुम कश्ती तैयार हर बार कर देते हो |
मुझे मेरे हाल पर बस बरी करो ,
तुम बेवजह जख्म जार-जार कर देते हो |

# 25. लिखी

इस उम्र का कोई दोष ना मुझे लगा ,
अगर लगा फिर मैं कुछ होश न रख सका ।
फनाह है सब मुझे एहसास हुआ ,
इंतिहान के आलम में कुछ सोच ना सका ।
लिखी थी एक दास्ताँ एक लफ्ज ना देख सका ।
या अनपढ़ इतना कि कुछ ना पढ़ सका ।
हकीकत का अंदाजा नहीं लगा ,
या सच कि इवादत ना कर सका ।
कैसे नजरें मिलूँ आईने से रानी अब ,
गुरूर आँखों का सलामत न रख सका ।

# 26. सफर भूल जाऊँ

अजीब गम मुसाफिर जो तंग जमाने से ,
शौक उठे कब्र से दफन ,उसके सताने से |
वो नूर आसमान का ,महक है फरिश्तों कि ,
सजदा कौन ना करे ,उसके मुस्कुराने से |
राग हैं आँखें ,कयामत है झुकती निगाहें ,
मैं सफर भूल जाऊँ उसके रास्ता बताने से |
वो है तमन्ना नामुमकिन सी ,खौंफ है मेरा ,
मेरी हार ही जीत है उसके हर बार हराने से |
जाया करूँ सदियाँ उसके दीदार में ,
तय है कत्ल मेरा उसके हर निशाने से |

# 27. दरबदर

दरबदर भटकने का नाम ही इजहार है ,
मैने जाना गम ही एक बहार है |
वो गया ख्यालों से भी क्यों ,
मेरे जैसा ही उसका मयार है |
मैं फेरूँ नजर भी तो कैसे अब ,
मेरे रास्ते में उसका घरवार है |
दिखे या छुपे उसकी रजामंदी ,
कहाँ इसमे मेरा अख्तियार है |
कोई सिकवा नहीं हुआ आज तक ,
इसी बात पर हम शर्मसार है |

# 28. फलक से

महरूम हुआ मैं गम से खुशी से,
हक नह अब तुम्हारा मेरी झलक पर अब से |
मुझे वहाँ जाकर बताया बताया सब ने ,
लगा रहा हूँ झकहमों पर नमक कब से |
कैसे आराम हो उसकी दीद क बाद ,
मार रही एक कसक कब से |
लानत है मेरी बेरुखी जुबान पे,
इसकी वजह से सोई नह पलक कब से |
तमाम मुद्दे हुए इस अदालत में,
उतरे तमाम गवाह भी फलक से |

# 29. मुनाफा

फरमान है उसके जैसे शिकारी हो ,
दाव लगाए उसने जैसे मदारी हो |
हार मान ली जिस बाजार से सबने ,
मुनाफा किया उसने जैसे व्यापारी हो |
नौकरी है उसकी जुर्म करवाती है जो ,
मालूम होता है जैसे सरकारी हो |
ठुकराई है सोहरत मैंने किसी पर ,
मुझे क्या दौलत की बेकरारी हो |
जरूरी नहीं मैं हारा दुनिया से ,हो सकता है
दुनिया ही मुझसे हारी हो |

# 30. अरमान हो

अम्ल करू मैं अगर फरमान ठीक हो ,
मुरझाया जब आसमान ठीक हो |
तुम ओर मैं रास्तों में ही रहेंगे ,
बता दो अगर कोई दूसरा अरमान हो |
खाली हाथ रखो जैसे मेरे हैं,
निकाल दो अगर कोई सामान हो |
रुको जरा सोच तो लिया है ना सब ,
उम्मीद ना करना कि सब आसान हो |
मेरी दोस्ती हो गयी है आंधियों से ,
शायद तुम्हारी तूफान से पहचान हो |
गौर से देख लो अभी वक्त है ,
कोई आगे मुझसे परेशान ना हो |

# 31. मुकम्मल

तेरे साथ कि गुजारिश भी कैसे करें ,
तेरी मोजूदगी से भी मुक्कमल नहीं हुए |
वह रुकने को कोई वजह चाहिए थी ,
कैसे रुकते तेरे हमसकल नहीं थे |
सुना था तुझे सजा हो रही थी कहीं ,
सुन ये फिर तुझपर कोई हुकूम अम्ल नहीं थे |
क्या मजाल मेरी जो तूझे छोड़ूँ ,
पर साथ रहूँ इतने भी बेअक्ल नहीं थे |
तेरी किस्सों पर एतवार किया ये बहुत है ,
वरना ईमान तो तेरे हसल नहीं थे |

# 32. मरीज हूँ

शमशीर टूट जाती है मुड़ जाते है तीर भी ,
उससे करनी होती है जब बगावत सी |
लगता है कभी ताज ना आएगा मेरे सिर ,
हारने कि हो गयी आदत सी |
जलीली होते हैं जब उसकी तरफ से ,
लगती है वो भी रिवायत सी |
मरीज हूँ उसके दीदार का ,
करता हूँ उसकी इवादत सी |
लाइलाज हो गया मन मेरा ,
मरने से मिलेगी कुछ राहत सी |

# 33. आईना

जो जाए उसे कहना समझाना ,
फिर कभी इधर लौट के ना आना |
सब आजाद हैं और आजाद ही रहना ,
कोई आजादी छोड़ कर ना आना |
खुद को आईने में जी भर देख आना,
कोई अपना अक्स तोड़ कर ना आना |
निकल जाना कही दूर सबसे आगे ,
याद रहे किसी को रोक ना आना |
धड़कनों को गुलामी ना लगे ,
कोई ख्वाहिश सोच कर ना आना |

# 34. उसकी महक

कई मयकदों से गुजरके आज ,
यहाँ इस तलब में रुका था |
मैं गुनेगार नहीं हूँ जनाब ,
मैं तो फलक में रुका था |
कुछ असर था उसकी बात का ,
मैं उसकी झलक में रुका था |
मुझसे गंद आ रही है नशे की ,
मैं उसकी महक में रुका था |
मैं तो सरीफ़ सा मुसाफिर हूँ,
बस उसकी बहक में रुका था |
वो वहम है मेरा ,
जिसकी चहक में रुका था |

# 35. राज

मरहम लगाए मुझे घटाओं ने ,
फिर लाइलाज कर दिया |
मेरी तहज़ीब से रोशनी वहाँ ,
कैसे फिर बेलिहाज कह दिया |
मैने पनाह दी है कातिलों को भी ,
कातिल ने ही सख्त मिजाज कह दिया |
जमीर छीन के ,जीनत छीन के ,
एक पुराना रिवाज कह दिया |
पूँछा मैने परिंदों से ये क्या है ,
हसके जंगल का राज कह दिया |

# 36. किस्सों से

खामोशी ओर शोर को भी ,
शिकायत रही होगी फरिश्तों से |
बेचैन करती होंगी उन्हे रातें ,
घुटन होती होगी रिश्तों से |
उजड़ के कोई कहाँ बस पाया है ,
हरजाना भरा होगा किश्तों से |
धीरे से रुकेगी साँस जब ,
वक्त उड जाएगा सबके हिस्सों से |
मान तो जरा ये सटीक सच है ,
हकीकत बनती है इन्ही किस्सों से |

# 37. साहिल

बिखरी थी जिसकी ज़ुल्फ़ें ,
वही तो इकलौता कातिल था |
कत्ल वो आँखों से कर दे ,
इतना तो काबिल था |
खबर उसको दी किसने ,
कोई अपना ही शामिल था |
हर कोई ऐसे क्यों थमा था ,
क्या वो कोई साहिल था |
वो वक्त था मेरा गुलशन ,
जो मुझे कभी हासिल था |

# 38. बेमतलब

ताबीर है ये मुमकिन हो सकता है ,
कि रूह कभी मुरीद हो गयी हो |
जब तुमने आवाज दी हो कभी ,
तब अधूरी नींद हो गयी हो |
तुम्हें हार खा रही है अंदर से ,
हो सकता है जीत हो गयी हो |
मैने जाना है उसे बेमतलब ही ,
तुमसे ही प्रीत हो गयी हो |
मेरी दीद से लगता था ,
फिर उसके घर ईद हो गयी हो |

# 39. बेसहारा

एक गम है इतना प्यारा है ,
जुर्म उसके लिए दोहराना पड़ रहा है |
ना नजर से हट सकती है ये ,
सावन को ये बताना पड़ रहा है |
ना देखी जिन्होंने हवा कभी ,
उन्हें तूफान रोकना पड़ रहा है |
मैं और मेरे दुश्मन बेसहारा है ,
अब दुश्मन भी छोड़ना पड़ रहा है |
क्यों उतरे उस दीवार पर चढ़ के ,
क्या वो मकान तोड़ना पड़ रहा है |

# 40. बेबशी

बेबशी ने मेरी यूँ तो कहीं का नहीं छोड़ा ,
जिंदा रखा पर जिंदा ही नहीं छोड़ा |
लोग देखते है तरसने कि नजर से ,
गुनाहों ने मेरे रहमत का नहीं छोड़ा |
खोने वालों ने जब मुड़के देखा ,
अफसोस हुआ कि पहले क्यों नहीं छोड़ा |
मेरी तनहाई वफ़ा करती है मुझसे ,
पर भीड़ ने मुझे तन्हा नहीं छोड़ा |
मेरे भीतर रहती है उसकी दुनिया ,
मुझे उसने दुनिया के लिए नहीं छोड़ा |

# 41. वफादार इतनी है

कुछ खास मतलब कि नहीं बातें मेरी ,
फिर उसे क्यों खास लगती है |
या तो वो झूँठ कहता है या फिर ,
खुश करने की यही आस लगती है |
मैं इतना खूबसूरत तो नहीं हूँ ,
जितना उसे मेरी प्यास लगती है |
कभी -कभी दिल रुक जाता है मेरा ,
साथ उसके दुनिया ख्वाब लगती है ,
मेरी तलब मुझसे वफादार इतनी है ,
इसलिए मुझे ये खास लगती है |

# 42. सदा ही

मंजिले रूठती रही है मुझसे सदा ही ,
क्या मैं शुरू से ही गलत हूँ ?
मेरा सफर तो सही दिखता है ,
फिर बस मैं ही कैसे गलत हूँ?
मैंने तो दिल भी नहीं दुखाए ,
तो फिर बस मैं खुदके लिए गलत हूँ ?
ख्याल अपना जीने लायक रखा ,
शायद इसलिए गलत हूँ |
रुक जाओ बस आज इस पल ,
चाहे मैं कितना भी गलत हूँ |

# 43. नाराज है ?

दीवारें घर की मुझसे रंज रखती है ,
जाने कबसे मुझसे नाराज है |
मैं तो घर गया भी नहीं एक जमाने से ,
फिर दहलीज क्यों नाराज है |
क्या मुझे आते रहना था यहाँ ,
मेरी इस भूल से नाराज है |
सोचता हूँ ना आता आज भी ,
अगर सब ही ऐसे नाराज है |
किस किस को मनाऊँ मैं अकेला ,
मेरा कतरा-कतरा मुझसे नाराज है |

# 44. शातिर है

नहीं संभलती मुझसे सच बात तो ये है ,
तकलीफ मेरी बहुत शातिर है |
मेरा भी ख्याल रख समझाने वाली ,
तू तो समझने में माहिर है |
कौन तोड़ता है तारे अब उसके लिए ,
उसका दर्द अब किसके सिर है |
मर जाते हैं उसे साँस देने वाले है ,
वो खोंफ वाला चित्र है |
इतना क्या डरना उससे जहर ही सही ,
उसने कहा तो बस इत्र है |

# 45. कब से

हजार शिकायत मुझसे हैं तुम्हें ,
तो फिर चले जाओ अदब से |
ना जमीन ने निगला है ,ना आंसमान टूटा ,
मै तो वही हूँ कब से |
मैं बदल नहीं सकता मुझे माफ करें ,
नफरत करोगे तुम अब से |
मैं बचपन, बुढ़ापे कि जिद्द हूँ ,
बनती कहाँ अब मेरी सब से |
हवा आती जाती है बस मेरी ज़िंदगी में ,
मर चुका हूँ मैं तो जाने कब से

# 46. मोहब्बत हो गयी है

उसका चेहरा है जो नूर जहाँ में रखता है ,
लहजे में गुरूर उसके लाज़मी है |
छुप-छुप क्यों देखना जी भर देख ले ,
पास मेरे वक्त की कमी है |
क्या बात है जो तुझे जीने नहीं दे रही ,
तेरी आँखों में क्यों नमी है |
मुश्किल है तेरा बोलना यहाँ तो ,
आवाज तेरी कहीं खो गयी है |
जितना मेरा है तेरे नाम किया ,
तुझसे ऐसी मोहब्बत हो गयी है |

# 47. जान जाने वाली है क्या ?

सारी ख्वाहिशे धुंधली होती जा रही ,
मेरी जान जाने वाली है क्या ?
वो मुझसे इतना इश्क जता रही है ,
मुझे छोड़के जाने वाली है क्या ?
मुझे नींद नहीं आती बहुत दिनों से ,
आखिरी नींद आने वाली है क्या ?
क्या कहा हाथ दिखाऊँ मैं अपना ,
नई मुसीबत मिलने वाली है क्या ?
टकराती है उसकी नजरे बहुत अब ,
मेरी जान लेने वाली है क्या ?

# 48. सूना और उज घर देना

अंधा भी हो सकता है वो मुसाफिर ,
इसलिए उसे मेरी तकलीफ दिखी ना हो |
मैं उसे बुरा कहूँ तो कैसे हो सकता है,
उसे इतनी चाहत कभी मिली ना हो |
याद रखूँ कि भूल जाऊँ समझ नहीं आता ,
यादें भी ऐसे जो चली ना हो |
गलत ही रास्ता बता दो अब तो ,
मंजिल जहाँ किसी को मिली ना हो |
सूना और उजड़ा घर देना मुझे ,
जहाँ तितली भी कभी रही ना हो |

# 49. जुबान तक लफ़्ज़ नहीं आए

हम जैसे मयार वालों की तरफ से कह रहें है ,
जुबान तक लफ़्ज़ नहीं आए वो गला दबा रहे हैं |
कोई हममें में उतरके सुन क्यों नहीं लेता ,
हम कबसे कुछ कहना चाह रहे हैं |
उठकर ही चले जाते हो उसकी बात करते ,
ऐसे तो तुम सब नाइंसाफी कर रहे हो |
मेरा कोई नहीं उसके सिवा इस जमाने में ,
तुम उसको भी मतलबी कह रहे हो |
उसे जाना तो खुदको जान पाए हैं हम ,
तुम उसे ही नासमझ कह रहे हो |

# 50. मैं ही हूँ जो मेरे जैसी दिखती है

सच बताना मेरे माथे पर क्या बेचैनी दिखती है ,
मैं परेशान नहीं हूँ पर परेशानी दिखती है |
वो.. कौन है मैं नहीं जानती उसे ,
क्या वो मेरी हमसकल दिखती है |
कमाल है नाम भी मेरा है ज़ुल्फ़ें भी मेरे जैसी है ,
इसके बदन पर मेरे जैसी निशानी दिखती है |
मेरे नजदीक आ तेरे जख्म पढ़ूँ ,
नसीब में इतनी हैरानी दिखती है |
इतनी बदनसीबी है तेरे हाथ तो ,
मैं ही हूँ ये तो जो मेरे जैसी दिखती है |

# 51. कहाँ गम छू पाते

सुनने में अजीब है वरना ज़िंदगी ,
इतनी उलझी नहीं है मेरी |
हर बार लगेगा कुछ अच्छा होगा ,
सोच भी बुरी हो गयी मेरी |
मुझे देख के कौन कहेगा अब ,
ज़िंदगी बाकी रह गयी मेरी |
काफिर भी कहता है सुकून से ,
तुझसे ख़ूबसूरत गुजरी ज़िंदगी मेरी |
कहाँ गम मुझे छू पाते कभी ,
पहले खुशियों ने छोड़ी झोपड़ी मेरी |

# 52. कोई मुझसे परेशान है क्या

कितना आसान है उसे भूलना उसने कहा,
सच में इतना आसान है क्या ?
मुझे क्या हो गया आसान काम नहीं हो रहे ,
कोई मुझसे परेशान है क्या ?
उसे भुलाने जा रहा हूँ हर दिन ,
पर क्या सच में भूल रहा हूँ क्या?
पर भूलूँ भी क्या कोई याद तो है ही नहीं ,
मकसद मेरा याद बनाना है क्या ?
यहाँ तो कुछ है नहीं आज पता चला ,
सच बता ये मेरा ही दिल है क्या ?

# 53. जिसके फरेब से परेशान है

गलतफहमी है किसी को जिसे ढूंढ रहे हो वो कोई और है ,
मैं तो काफिर हूँ ,जो मसीहा है वो तो कोई और है |
मेरा रास्ता खाली करो और शाम तक चलने दो ,
मेरी मंजिल पर शायद अभी कोई और है |
कितने घर बदले मुझसे दूर जाने के लिए ,
जिसके फरेब में परेशान है वो तो कोई और है |
जरिया क्या रखें कि रुके दावत और नगमें यहाँ ,
निकाह मै शायर के शायरी नहीं कोई और है |
वहम और गुरूर में है उसकी कलम आज ,
और लिखने वाला लिखता कोई और है |

# 54. सारी तहज़ीब मुझे ही सिखाई गयी

तमन्ना अधूरी रहें इसी में मेरी खेरियत है ,
ना करूँ तमाशे कोई ये मेरी अजीयत है |
सारी तहजीब मुझे ही क्यों सिखाई गयी ,
क्या मेरी अब इतनी अहिमयत है |
खुदसे चल रही जंग मैं हार मिली ,
तबसे ही सही-दुरस्त तबीयत है |
दिल मरजाएगा तुम्हारा छोड़ ये जिद ,
मेरी बस यही आखिरी नसीहत है |
ना मिला सुकून रियासत वालों को भी ,
हम में तो फिर शेतानी फितरत है |

हकीकत के बाजार में वहम बराबरी का मुकाबला करता रहा

ऐसा लगा की दाम भी इसका आसमान में ही रहा |
सच कहूँ तो खुशियों ने मुझसे राबता किया ,
तब मैने सारे जमाने को वहम और खुदको हकीकत किया |
तंज रहे तब हवाओं के मुझसे हर बार ही ,
तब मैने तूफान को वहम और बारिश को हकीकत किया |
जब-जब हाथ काँपे हकीकत को लिखने से ,
तब तब उसे वहम कह कर लिख दिया |
मुझे वहम ने संवारा है , हकीकत ने पाला है ,
दोनों दीवाने है ,यहाँ तक ये देख लिया |